妙味

吉田陽子

妙味

令和四年五月三十一日〈火曜日〉

瞬時の内に目覚めようとしているものがあるのです。その大部分は泡沫《うたかた》の幻のように消えたかと思うと、突処鮮やかな色彩を放って、大空に舞いあがる。

このような現象は地上でもよく見られるもので、珍しくも不思議でもなくて、実在性が伴うと立証されるのです。

そこで現在の社会状況で、それを立証しようとすると、大切な視点として具体的な立証内容が必要なのです。この物理的要因が、具体的に立証されなければ、どうすることも出来ないのが現状なのです。

私自身、このような状況に出会った時には自らの解決策をしてきたのですが、一般社会では適応されるものではありません。そこで考えた末に、やっとその解決策に至ったのです。

それは今から五年程前のことでしょうか。

私は或る都市の街角の一隅で、路上を歩く人々の姿をぼんやりと眺めていました。すでに太陽は西に沈んでしまった街並木には、夕暮れの気配が漂っていました。

その気配を破るかのように行き通う人々の群れの一人が、ふと路上に立ち止って、蹲《うずくま》り身動きさえしない――じっと見入るうちに数分が流れたでしょうか。

もう夕闇がすっぽりとその人の姿を包み込んでしまい、現実とその人の間に沈黙のヴェールが敷かれていたのです。

この時私はこの沈黙のヴェールこそが、すべての解決策ではないか、と思ったのです。

というのは、人の心の深渕に宿るものとは、その人自身でも理解出来るものではないのです。本人自身で理解出来るものならば、人は怖れや憤《いきどお》りや悲しみを感じないでしょう。

この深渕に宿る未知なるものこそが、すべての要因なのです。たとえそれが物理的に立証不可能なものであるとしても、実在するものには、その深渕に未知なるものを宿しているのです。

人がこの世に誕生するのは、いつの日かそのような未知なるもの丶本質を知りたいと思っているのではないでしょうか。

令和四年六月二日〈木曜日〉

統率的な手段で国を治めるには、指揮系統の統一性が大切なのです。統一性が一貫していると、いかなる困難にも耐えられる。

そこで今ウクライナ侵攻中のロシアについて述べましょう。

元来ロシアとウクライナとは深い絆で結ばれた同民族なのです。その同民族が、なぜ戦争をするのか。

たとえ同民族でも、それ以前に人間本来の姿に宿るものに起因しているとすると、見方も変わるでしょう。

この起因の原因となる要素を形成している仕組に、その要素以外のものを排除しようとする意思が働く。その意思が強固であればある程強行な手段になってしまう。どのようなことがあっても意思を貫《つらぬ》こうとする。そこで戦いが勃発するのです。

その戦いが強固であればある程、困難が続く。一旦戦火を交わすと、燃焼する迄止まらない。たとえそれが侵略戦争であっても、勝負が決っする迄終了しない。

ところが今回第二次世界大戦以後、最も危惧されているのです。それは米国や欧州がウクライナを支援すればする程、又北欧フィンランドとスウェーデンがＮＡＴＯ加盟申請をすることで、ロシアの脅威が高まっていく。ロシア、中国、北朝鮮とＮＡＴＯの戦いに発展していく芽が育つ。たとえ今回ウクライナとロシアが停戦に合意しても、今度は中国がロシアの意思を引き継ぐでしょう。

この悪夢の連鎖は終わりそうにない。

このように二十一世紀は、コロナの猛威とロシア侵攻を受けて、世界の情勢は変化しつつあるのです。二十世紀とは全く異なった時代の訪れになるのでしょうか。

令和四年六月六日〈月曜日〉

遠い昔に遡《さかのぼ》り想いを馳せると、不思議な気持が蘇ってくる。その情感に浸っていると、取り留めのない想いが込みあげてしまう。私は時々このような時を大切にしました。

この時間的な空間の世界は、常に私の脳裏に宿り、私が、一層集中的に解決策を考えている時でも、ふと我に返ると、突処この世界観が眼前に展開されていく。そして妄想の世界に閉じ込められたかのような錯覚を覚えて、ふと現実の世界に戻ってしまう。

宇宙的空間には、様々な世界観が在って、その世界を自分流に消化しようとしても、到底出来るものではない。

それでいてその世界自体は、それなりの態《てい》を表現してほしいと願っている。その為にそのような創造性の持主ならば、何人でも拒まないでしょう。

それが現に実質的な創造性によって、幾多の傑作が誕生している。人類史上偉大な評価で賞賛されているのです。

丁度このように、一旦人の脳裏に焼き付いた印象的な造形物は、主観的な存在物を提供していくことで、その人の感性を刺激して、繊細で緻密な創造性を組み立てゝいく。そして途中で自らの情感を纏うと、誘惑的な情念の世界を演出していくのです。

又そのような世界とは別の幾何学的な模様を組み立てようとすると、其処では、水平な一直線の彼方に雄大な原野が広がる。

その無防御で雑然とした様《さま》を、整備して幾何学的な創造性を試みるならば、一瞬の内に果しない広野は近代的に構想されて独創的な造形物に変化してしまう。

このように宇宙的空間の世界とは、時間的空間と同じように、幾重にも織りかさなった感性で演出されていくのです。

その為にもこの感性こそが、創造性を生《う》む源泉となっているのでしょう。

令和四年六月十四日〈火曜日〉

散発的なことよりも、系統立った出来事の方が、その深層に至る。というのは、物事の成立には、各段階に達っする為の多くの時間が必要なのです。たとえ組織的に成立するとしても、各段階の内容が十分整っていること。又それが整理されていても、全体的に統制されていなければ、不十分なのです。

このように物事を客観的に成立させるには、総合的に配慮された指示的な統制力が要るのです。その為に、各部署内部に統制された指示管理能力が備わっていること。

それが証拠に、最近摘発された事件の大部分は、この指示能力に原因がある為に、能力が欠如すると、指揮系統は忽《たちま》ちの内に崩れる。そして組織全体がその崩れを補う力を失ってしまう。

すでに多くの政治や行政の管理能力の欠如は、この微小なミスで生じる。又このミスを繰り返すと、政府や行政全体の信用が失われてしまう。

今現代社会で表面化する行政ミスは、一般市民に対する対価を、どのように支払われているのか。今もってそのような提案は為されていない。そこでこのような事は、国民一人〳〵が真摯な態度で受け止めるべきでしょう。

このような現代社会全体が、散発的な風潮に染まっていく。すると、社会への態度が防御的で個人主義になるので、全体を懐疑的で一方的な側面でしか判断出来なくなってしまう。

このような退廃的な空気が、社会全体に蔓延してしまうと、大切なのは、個人的な自己管理能力ではなくて、もっと健全で自由な大きな流れに沿って、自己を見詰め直すような、意識の方向性が問われてくるのです。

そこで、自己の意識を一体どのような流れに沿わせるかゞ、大切な分岐点になるのではないでしょうか。

令和四年六月十五日〈水曜日〉

道義的な意味合いで結束されているのです。その意味を詳しく具体化しようとすると、本質がいつしか薄れていく。

そこで全体が消滅してしまうと思うと、そうではなくて依然として道義性は保たれている。このようなもの〻現実性を一体どのように説明すべきなのでしょうか。

それは今現実に存在するもの〻価値を、どのように評価するのか。その評価の基準を、どの目線に置くのか。一般社会の常識的な評価はどの程度なのか。又以前の社会情勢と比べて、今は上昇傾向にあるのか。

現代の世界情勢で保たれているものがあるとすると、それは道義的にどの程度の社会秩序が維持されているのか。それが維持されていなくても、多くの人々はそれを願望しているのか。

このようにたとえ宗教や主義や文化や風習の相違があっても、その民族の守るものがあるならば、それは道義的な意味で結集されるでしょう。

民族や家族や友人達を支え合っているのは、道義心。

それが証拠に、たとえいかなる悪人や罪人でも、この道義性には逆らえない。たとえ逆らって罪を犯したとしても、自らの良心の為したものではない——と、言葉を吐かざるを得ないのは、「罪を憎んでも、人を憎まない。」という言葉の由来でしょうか。

なぜこのような言葉が伝えられているのか。

すでに遠い昔、或る寒村の住人が、村の掟を破って重大な罪を犯したのです。当然重罰が課せられました。村人は重い刑に処せられました。

そして長い年月が流れた或る月、真事実《しん》が浮上して解明されたのですが、すでに罪人はこの世を去っていました。たとえ名誉回復の機会はあったとしても、その当時は濡衣《ぬれぎぬ》のまゝなのです。

それは丁度、人の英知は有効な能力を発揮するとしても、それは限界のあるもので、万能ではない、それを諌《いさ》めるのに、古人はこのような言葉を残したのではないでしょうか。

令和四年六月二十一日〈火曜日〉

或る目標が掲げられると、その主旨が唱《とな》えられる。その主旨が適えられると、目標は達成される。ところが何らかの理由で、その主旨に達成不可能な要因があるならば、これは最初から無理なこと。

今の世界情勢では、この主旨目標の基準線が明確にされていない。というよりも、敵対する同志の位置付けがされていないのです。ロシアは何故《なにゆえ》の侵略なのか。

遠い昔、民族間の闘争は沢山あって、人類は戦いの歴史。この戦いこそが民族が地上での生存権を獲得する唯一の手段なのです。

ところが現代社会に入って、戦いの方法が以前と異なってきた。手段の多様化と共に、目標を見定めるのが難しい。

これは世界全般の義務感に似ていて、大部分がそれを守ることで成立するのです。ところが現実は、大部分の人々が賛同することなど何一つ無い。そこで各分野の矛盾を回避するのに、各国との間での条約が唱えられたのです。

比較的思想や主義に違和感がなく、宗教や文化や風習にも同調し合えるような国々との間で条約を結ぶ。そしてお互いの義務を守っていこうとする。ところが今此処に来て、守るべき条約の中身に異変が生じている。それを敏感に察知した国のリーダーは、目標を違法な手段で掲げる。すると目標の主旨が曖昧な表現になり、それ自体に統一的な要因が失せると、疑心暗鬼になってしまう。

今ロシアはこのような状態でしょう。一旦戦争が始まると、容易に終らない。勝負が決まる迄続くでしょう。

たとえ長期戦になっても、これは次の戦争が勃発する発火点に過ぎない。この後世界は食料やエネルギー不足でインフレになって、世界恐慌への道に突入するのでしょうか。

令和四年六月二十六日〈日曜日〉

今多くの問題を発信させるのに、危機管理能力が問われている。この能力をどのような時点で発揮するのか。この手法には数々の難点があるので、一つ〳〵クリアーして練られていったのです。

ところが近代この手法に一般的ではない、特殊な技能が加わって、元々の意味が失われてしまった。その為にそれを補うのに使われたのが、危機管理に関する情報提供の問題点なのです。

そこでこの問題提供の覚え書きには、提供する側の基本姿勢があって、大切な役目を果しているのは、一体だれが何時《いつ》どのような資料内容を提供したのか。

それについての記述書に不信点はないのか。仮りに不信点があった場合、即座に提供を止めることが義務付けられているのです。

今後の問題提供の過程では、あらゆる角度からへの不信への吟味が求められているので、一ヶ所でも無視すると、全体が成立たない。気は抜けないのです。

そして現代の発信方法は、問題点以上に多くの情報が入り混っていて、簡単に見分けるのは難しい。又それを活用するには、多くの責任が生じる。その為に、元来の方法では、到底太刀うち出来そうにないのです。

そこで考えられるのは、自らの直感による識別能力。この識別能力に頼るのです。この能力は元々すべての人々に与えられているのです。

なぜならば、人がこの世で生きていく為に、自分を守る武器は、この能力。この能力に優れていると、一層複雑な仕組みのものでも透視出来る。又仮りに透視出来なくても、ある程度遠方の動静をキャッチ出来る。なにしろ一歩先を読むことが大切なのです。

この先を読む能力を育てるには、自分の識別能力を鍛えること。そしてこの時代の求める識別能力を身につけることでしょうか。

令和四年六月二十七日〈月曜日〉

今壊滅的な波にのって、世界各国に試練の雨が降る。この雨は各地域に降り注ぐようだ。コロナの嵐の後に、又暗雲が地球に垂れ下がっている。遠い昔より、１００年か８０年の周期で、地球を一変するような出来事が発生する。故人の言葉では、最古の昔より、人類上で絶えず生じる現象なのです。

ところがこの現象を辿ると、明らかに人の人為的なものが多い。その大部分は自然発生する以外に、人々との営みで生じる義憤や摩擦や衝動や猜疑心や嫉妬や虚栄心などが、現状を混乱し壊すことで、新しく得ようとする欲望や野心があるのです。そして他の人々は餌食になって悲惨な目に会う。

古今東西を問わず、これは特権階級に与えられた免罪符のようなもので、表《おもて》だって反抗は出来ない。

ところが大抵の場合、このような免罪符を錦の御旗に掲げると、結局はそのもの同志の相うちとなって運命を共にする。

錦の御旗には、その民族を象徴するものが宿っているのです。その象徴を真に支えようとするのならばよいのですが、そうでないならば、御旗はすいい、なりと臣下には下るはずはない。たとえ下ったとしても、それはうがった見方で、万人には通用しないでしょう。

ところが此処に来て、最近の世界情勢をみると、過去にも同じような局面があったのです。

丁度200年程前でしょうか。南シナ海の沿岸に大きな船が漂流した。その船から多数の武器や弾薬が発見されたのです。一体これ等は何に使われるのか。

今思うと、その当時の漂流船は、今の情勢にも当て嵌《は》まる。歴史はくり返し訪れる。人も又昔と少しも変わらずに、同じことをくり返すのでしょうか。

令和四年六月二十八日〈火曜日〉

今迄の動静を伺うことで、突発的な解決方法が得られる。その手法を使うと、今度は今迄と全く異なった条件が提示されて、それ等はとても懐かしく遠い昔の郷愁を呼びつゝ響き渡る。そしていつしかその断片が鮮やかな色彩を放って、眼前にくっきりと映っているのです。

このように物事の解決には、自分の記憶の歴史を辿ることもある。自分の人生の一頁〳〵を繙《ひもと》いて、その想い出に命を吹き込むのです。すると昔のことが、まるで現代に蘇《よみがえ》ったかのように、新鮮な息吹で展開されていく。

それは丁度自分の心の中に存在しているのに、今の自分では気付けないものを、見付けようとする試みに似ているのです。

試みは特異で、未知数と好奇心に満ち溢れた謎のようなもの。その感触はふと散策の途中での寄り道や何の気なしに振り向いて、その視線が捕らえた瞬間や激しい衝撃で意識した拍子に閃いた感性の火花など。

全く今の自分とは異なった自分自身を異質の環境に放置する。その状態で自由に泳がせて、新しい空気を吸い込む。そしてそれが現実のものであるかのような実在感で、自分と同じように擬人化してしまう。

この擬人法は、今迄の印象的な場所や出来事や場面の中に、自分の分身を登場させていく。その重ね合わせた人物は、本当の自分か又は、イメージで擬人化させた人なのか分らない。

このように自分を催眠術にかけて、好き勝手に又は、自由自在に想像した人物を変化させていく。

するとその人物像を暗示していく過程で、現代の自分が最も興味ある人に、無条件で惹《ひ》かれる場面に出会うことがあるのです。

このように、自分の心の奥底の願望は、自分でさえも分らないもの。ところがもし、何らかの機会で知ることが出来るとすると、このような自分に出会う時ではないでしょうか。

令和四年六月三十日〈木曜日〉

断続的な勢いの中で、要所〳〵に新しい息吹が感じられる。その割合いが高くなると思うと低くなり、常に一定の状態を保たない。ところが何らかの事情で一定の穏やかさを保つと、長くその状態が続いた後に、次第に勢いが失せていく。

このように力のエネルギーは、常に強弱のバランスを保ちつゝ断続的に勢いを増していく。そしてその強弱の僅《わず》かな隙間に、新鮮な活力を注ぎ込む。この活力こそが調和を保つ円滑油の役目を果たしているのです。

現代の社会事情で、将来的に物事を判断しようとすると、この円滑油の役目を担うものがあるのか。

いつの時代にも、円滑油の役目を担うものは登場して、それがその時代の中心的な柱になって次の時代にバトンタッチするのです。

そこで新しい時代のエネルギーの根元を考えると、地質上では地球の総合的な排出量の低下。外部の圧力が増して地球で調整出来そうにない。

又別の見地では、この外圧の原因はどこにあるのか。通常では地球の温暖化の歪みが災いして、外圧が加えられているでしょうか。

確かに、この排出量の低下では、自然な呼吸や循環や消化が良好ではないので、自然は不活発で生気なく衰える。地球という住み家がこのようになると、其処での人々の営みも感化されてしまう。社会全体が排他的で閉塞な空気に包まれると、病気や災難や不幸を招くでしょう。

それでもこの時代の円滑油となるものやエネルギーの根元やこの地球を守っていかなければならないとすると、それは何か。

それはこの地球で生きている人々、その人の心の中にあるのではないでしょうか。

人の心の優しさや温かい思い遣りの気持が、森や丘や田畑や動物や鳥に注がれていく。自然界に生きるものにも、人のエネルギーが伝わっていく。精神的なエネルギーは、生きるもの〻心と心を繋いで、心を一つにしてくれるでしょう。

令和四年七月一日〈金曜日〉

統一的な見解を得るのに、思想の寛大な適応の範囲が求められて、寛容にしようとすると、適当な支持が為される。さもないと、その寛大さが曖昧になる。その為にこの方針は最初から順序立てゝ行われるのが大切でしょう。というのは、統一立った事柄の証明に位置するのは、思想の問題。この思想ほど難しいものはない。なぜならば、主義を主張するのは、社会通念の枠を脱していない。ところが思想となると、又別のことなのです。思想の定義は、社会通常の範囲を超えたところにある。一般の常識では対処出来ない。むしろそのようなことよりも、思想についての奥義の係わり方が問題。

その為に人の心の中に突然入り込むことは出来ないでしょう。又入り込んだとしても、容赦なく退却させられてしまう羽目になってしまう。

そこで思想に対処するのに身に付けてほしい防御の仕方は、相手の思想よりも、自らの心の在り方を、どのように正《ただ》せるか。思想に取り組むのに大切なことでしょう。

というのは、人は何らかの理由で、自らの思想によってそのような立場に置かれている。そのような場合に対処出来るのは、自分自身の思想形成の実践。

いかに今日の自分はこのような思想を抱くようになったのか。それは何時《いつ》頃からか。このような自問を自分に対して繰返しつゝ正すこと。

すると不思議なことに、自分が自らに課した質問を、丁度相手も同じように自分にその問いを正そうとするのです。

このように、もし過去にこのような経験のない者は、思想に対して足を踏み込まないこと。もし何の準備もなく無防御に突進すると、どうすることも出来ない羽目に陥るでしょう。

それ程思想は難しい局面を秘めているのです。

この世に善と悪があるならば、この僅かな境界で分岐されているものがあるとすると、それは思想的な見解の相違に思われてしまうのです。

令和四年七月三日〈日曜日〉

段階的に加速された波に乗って、新しい時代が到来する。そのエネルギーが必至《ひっし》と感じられる。以前にも、このような感触に覚えがありました。当時は社会全体が混雑していた。その雑然とした最中に構造物が幾重にも押し込まれ、出口さえ定かではない。そして不揃いなものが、ところ狭しと置かれていた。

その雑多のなかで、未熟さゆえにかえって新鮮で斬新な感性が匂う。時々その合間に未知のエネルギーが発散しようと横切る。

その瞬間はっと胸を打たれても、それがどのようなものなのか。得体が知れなくて、不気味さゝえ漂う。この漠然とした将来への不安。

いつの時代を通じても変調期は、不安と期待と動揺を胸に抱いて、到来を待つのです。そして時が移り変わる。空気は一変する。古きものは過去の物となり去る。

新しい産物が登場する。その新しきものゝ初々しさや珍しさに目を見張ってじっと見詰める。

するとその産物は、自分の心のどこかで、このようなものを欲していたような気がする。懐かしくて愛らしい。故郷の何処《どこ》かで、このようなものを創作して楽しみ遊んでいた情景さえ浮ぶ。そしてそっと手を差し出すと、去りし日々のものとは全く異なった表情で、語りかけようとする。

この風情の醸す気風や眼差しや面持ちの異なった印象は、去りし日々の世界にどっぷりと浸っていた人々には異質のもの。違和感を覚えて、これは現実ではない。以前の華美で贅沢で虚飾で優雅な一時《いっとき》は何処《いずこ》へ。

このように新しい時代の訪れは、物質的な拝金主義とは異なってしまうでしょう。

長い間世界各国の民族性や習慣や文化や歴史を理解し助け合って協力したグローバル化の波が、多様性を重視し尊重する複雑さに、国家が統制出来ない時代へと変貌していくのでしょうか。

令和四年七月八日〈金曜日〉

実質的な社会表示のなかで、物価の高騰が著しい。高騰を加速させているのに、コロナに次いで、ロシアのウクライナ侵攻。この数々の要因の不調和の影響で、世界全体が打撃的な局面に入る。

最近の調査では、比較的影響の少ない所にも被害は及んでいる。その被害は世界の大部分の地域だ。

この調査報告は、一体何を意味するのか？　意味の大切さは何か？　今後どのように対処すべきか？

そこでこれ等の意味を解明するというのではなくて、今世界でどのようなことが生じているのか？　その危機とは何か？　将来に暗示していることは？

このように今の状況が直接投げかけている問題は、大きな規模に波及する予感を秘めている。このような場合、危機的状況の予知は出来るのですが、飽く迄それは予測。たとえ大凡に見当付けて準備体制を敷いても、それは仮説に過ぎない。

むしろ物価高騰に関しては、雇用問題やエネルギーや食糧などで、インフレは止まらない。仕方なくインフレ抑制で大規模な緩和の幕引きとして利上げをする。この政策は八方塞がり。

今高いドルは、この後急落。それは世界経済の破綻を意味しているのでしょうか。このまゝ世界大恐慌への道に突入していくでしょうか。

このような前途多難な方向で、どのように対処すべきか？　それは一概に言えない。誰にも言えそうにない。けれども難しくても言わなければならないとすると――やはり古《いにしえ》の人々の言葉を借りて、「備えあれば憂いなし。」でしょうか。

それは丁度、幾久しい古《いにしえ》の人々は多くの試練を乗り越えて、体得した英知や業績や教訓や体験を後生に残してくれました。それに報いる意味にも現代人は、その恩恵を血や肉として受け継いでいく。

そしてこの時代に生を受けた現代人が、迫り来る日々の一つ一つを全身に刻み込んで生きた証しとする。これこそがその時代に生きた人々の義務と業績となるのではないでしょうか。

令和四年七月十六日〈土曜日〉

今迄培《つちか》ってきた信頼を深く築こうとすると、其処に決まりごとが生じる。それに対処するのに予《あらかじ》め領所しておくのは、自分以外の人の尊厳を大切に守ること。その尊厳の意味を理解しようとする気持を尊重することでしょう。仮りに何人も尊厳を無視出来なくても、無視しようとすると、理解すらも出来ない。むしろそれはあらゆる尊厳を冒涜すること。何人もこの行為を責められないとしても、許されるものでもない。

それが証拠に、過去に数多くの人々が、この言葉の前で多くの罪の意識に嘖《さいな》まれてきているのです。たとえ自らの罪と意識していない人でも、この言葉には謙虚な姿勢を崩さない。何人もこの言葉に逆らえないし、自らの心に正直になろうとする。

そして又一旦このような言葉を発する自負心に駆られると、容赦なく自分を罰しようとする。自ら恥じる羞恥心を抱いてしまう。そしてそのような気持を詮索して、結局自ら自暴自棄になってしまうのです。

このように人が自らの内面世界への一歩を踏み込もうとすると、このような自分自身との対話が生じる。その対話の過程で、自分を相手にではなくて他の人に置き換えると、それは自分と他の人との関係になってしまう。

その関係が親しくなる程、親密さは増して愛着が深くなる。と——その距離が接近する程、隙間が縮小されていく。まるで一心同体の感が極まってしまう。

このような感覚の世界に移入してしまうと、心身共に同調のリズムが組み込まれて、いつしか波動がリズミカルな音頭を奏《かな》でる。両方の波動が互いに共鳴し合って、高らかに響き渡って全く異なった世界観が展開されていく。この素晴らしい音響が心の深渕にこだまするようだ。

このようにこの無の境地こそが、唯一人の尊厳を守るように思われる。なぜならば、誰であっても、人はこのような境地に入ることが許されるからでしょうか。

令和四年七月二十八日〈木曜日〉

最終的な懸念材料の審議をする場合、その審議内容の懸念を払拭することが大切。その為に数多くの調書のなかで、最も疑問の箇所を抜本的に選別して適切な調書内容に仕上げること。そしてそれに対する敵対問答を用意していくことでしょうか。

それ程迄に、このような調書に応答する内容は厳しい。又この応答に反撃出来たとしても、それ事態の内容に不備な点が見付かると、すべて白紙撤回を余儀なくされてしまう。

このような経験は幾通りも報告されているので、通常は仕方無いことゝ思ってしまう。ところが幾つもの審査報告を再度確認すると、数々の疑問が浮上する。又審査内容も不備な点が指摘されているので、一概に正当性を示せないのです。

ところが現代社会の実情をみると、一旦既成概念で正当化されたものを崩すのは難しい。たとえ崩したと思っても、それは表面的な既成事実への講義であって、決っして根本的な概念に至るものではない。

その為に全面的に講義するには、幾つもの長いトンネルが用意されているのです。

そこでこれ等の問題を解決していくのに考えられるのは、どのような状況であっても、物事の審議を試みるのに欠くことの出来ないものがある。

それはいかに真実に対して忠実であるかということ。この真実への忠義心がないならば、いかなる事実に対しても忠誠を誓うことは出来ない。その為に自らの忠誠心も、台無しになってしまう。

それは丁度、物事に対する真実性を見失う行為に似ていて、自分自身の力で発見出来ないのではないでしょうか。

このように審議の過程を詳しく説明していくよりも、一体何時《いつ》どこ、でこのような真実を発見出来るかゞ問われてくる。そこでいかに真実に忠実であるかよりも、いかに真実に忠実でありつゞけるかの方が大切なのではないでしょうか。

現代の社会情勢を見渡していると、社会全体への見識が徐々に見失われているので、実際現実にこのような主旨を貫くことの難しさが感じられてならない。

その為にも社会全体の秩序の在り方が問われるようになっている、と思われる。

令和四年八月二日〈火曜日〉

鋭敏で独断的な判断力の持ち主が指揮官になると、全般的に独自性を誇示する戦略が練られる。そして願望を果すのに、緻密に精微されたデータを基準にした幾つもの試みをしようとする。

その結果、実質的な成果を一層倍増しようとするので、持ち前の豪胆な知略戦に介入してしまう。このような戦略を展開していく能力の限界を図《はか》るのに、昔より試みてきた方法があるのです。

そこでこの方法を分析すると、大切なのは相手の出方がどのような状況であるのか？　又その動機を知ること。

大抵の場合、動機の要因となるものゝ実体との関連やその道義的な意味合い。又それを示す資料や親類や知人との関係などの細い資料が求められてくるでしょう。その為に一概に事実との関連性を示そうとしても無理が生じてしまう。

このように全体的な指揮系統を統率するには、客観的な立場で自分自身を理解出来る能力が要求される。たとえそれが冷徹な監視体制で仕組まれていても、常に厳しい眼識が必要で、甘い見識など一蹴されてしまう。

現代の世界情勢で、このような状況の国は多々《たた》ある。そのなかで以前は比較的自由な気風で国内が包まれていたのに、最近国全体に強い圧力が加わっているのか、一見統率されているようでも、国内の不協和が目立つ。

北欧の国のなかでフィンランドとスェーデン。この国々はＮＡＴＯに加入するのにトルコの協力を得ようとしている。そして二国がロシアと一線を引くことによって、今後の世界情勢に大きな影響を及ぼすでしょう。

何分に於いて、今迄のように米欧が同じように歩調を合わせている時代は過ぎて、それぞれの国が独自の道を進むようになると、どうしても、その国を統率していく指揮官の人材が問われるようになるのではないでしょうか。

令和四年八月六日〈土曜日〉

数学上の素数の配列に特定の規則を置くと、素数の要因が瞬時の内に消滅する。そして今迄と異なった素数との組合わせが可能になる。

その組合された素数は、それ〲の意味合いで組合わされていく。すると此処《ここ》で不思議な現象が生じてくるのです。

この現象を数学上で分析すると、ある特定の数字以外の他の素数を加えてみると、その時点で特定の数字自体が、何の存在性も無くなってしまう。その後で加わった素数が、それに代って特定の数の役割りを果そうとする。

そこでこの物理的現象を数学的に立証するならば、其処に必ず障害物が浮上するのです。それも一個や二個でなくて無数の数が前途を塞ぐ。この障害物の数を意識的に除外しようとすると、今度は狙いを定めた数が消える。次々と狙い撃ちを繰り返していく内に、いつしか無数の数はすべて消滅してしま

料金受取人払郵便

小石川局承認

6277

差出有効期間
令和8年3月
31日まで
（期間後は切手をおはりください）

郵便はがき

112-8790

105

東京都文京区関口1-23-6
東洋出版　編集部　行

本のご注文はこのはがきをご利用ください

●ご注文の本は、楽天ブックスより、1週間前後でお届けいたします。代金は、お届けの際、下記金額をお支払いください。

お支払い金額＝税込価格＋代引き手数料330円

●電話やFAXでもご注文を承ります。

電話　03-5261-1004　　FAX　03-5261-1002

ご注文の書名	税込価格	冊　数

● 本のお届け先　※下記のご連絡先と異なる場合にご記入ください。

ふりがな
お名前　　お電話番号

ご住所　〒　　－

e-mail　　@

ご記入いただいた個人情報は、お問い合わせへのお返事、ご注文の商品発送、新刊・企画などのご案内以外の目的には使用いたしません。

東洋出版の書籍をご購入いただき、誠にありがとうございます。

今後の出版活動の参考とさせていただきますので、アンケートにご協力いただきますよう、お願い申し上げます。

● この本の書名

● この本は、何でお知りになりましたか？（複数回答可）
1. 書店　2. 新聞広告（　　　　　新聞）　3. 書評・記事　4. 人の紹介
5. 図書室・図書館　6. ウェブ・SNS　7. その他（　　　　　　）

● この本をご購入いただいた理由は何ですか？（複数回答可）
1. テーマ・タイトル　2. 著者　3. 装丁　4. 広告・書評
5. その他（　　　　　　）

● 本書をお読みになったご感想をお書きください

● 今後読んでみたい書籍のテーマ・分野などありましたらお書きください

ご感想を匿名で書籍のPR等に使用させていただくことがございます。
ご了承いただけない場合は、右の□内に✓をご記入ください。　□許可しない

※メッセージは、著者にお届けいたします。差し支えない範囲で下欄もご記入ください。

●ご職業　1.会社員　2.経営者　3.公務員　4.教育関係者　5.自営業　6.主婦
7.学生　8.アルバイト　9.その他（　　　　　　）

●お住まいの地域

都道府県　　　　市町村区　男・女　年齢　　　歳

ご協力ありがとうございました。

う。そして最も大切な特定の数さえも見失っているのです。

このようにすべてが白紙の状態に変わってしまう。これは数学上の素数の問題を取り上げて、物理的に立証した結果。

丁度このようにこの宇宙全体に存在する万物の法則にしても、数学上の素数の配列を変えたゞけで得られる結果と、なにも変わりはないのではないでしょうか？

なぜならば、無の状態で何かを生みだして、それが有となっても、それは永遠に有で在り続けるのでしょうか？　有が他の有と和合したとしても、それが永久に在るのでしょうか。仮りに異なった要因で和合が続いても、限りあるものではないでしょうか。

そこで問題は、最初無の状態であった。なぜならば無であったが故《ゆえ》に有が生まれた。最初が有であるならば、必ず無の状態に変わる。

それは丁度一枚の紙切れに似ていて、其処には表と裏があって、それが一体となって紙切れは存在しているのでしょう。

令和四年八月七日〈日曜日〉

今断続的な勢いで攻めているので、僅《わず》かな隙《すき》も禁物。戦闘能力の規模が拡大してくると、それに見合った軍備体制が強いられる。

そこでこのような戦術的な作戦に転じると、なによりも大切なのは、相手の狙撃に対抗するのではなく、敵方でなく味方の陣地を守ること。

この自己防衛本能が的確に守られていると、必ずチャンスは訪れるものなのです。ところが目先の勝負に惑《まど》わされて、手柄《てがら》よりも温存と放棄すると、忽《たちま》ちのうちに戦場の灰と化す。

人生七転《ころび》八起《おき》の諺《ことわざ》がある。これは何度失敗しても屈しないで奮《ふる》いたつこと。人生のチャンスは、この諺のなかに与えられているのでしょうか。たとえそれが八度目の正直であっても、長い道筋で幾度も転びながら待って、チャンスを掴む。

このように考えるならば、人の生涯は長い〱道程《みちのり》でも、七転八起を実践する場であるならば、短い時間の空間に過ぎない。

それにたとえその現場となるのが、劇的な戦場でなくても、日常的な日々の営みの平凡な生活や一層際立った華麗な装置で飾られた甘美さに身を委ねた世界や絶望という列車に閉じ込められて送還されていく運命。

又貧困や病魔に責め嘖《さいな》まれていても、栄光と名誉に包まれた階段で、その業績に晴れ〴〵と輝く瞬間。そして見渡す限り野原一面に咲き乱れた花々の匂いに、淡《あわ》い青春の夢を呟く。

人はそれ〴〵の舞台で、自ら演出して主人公なので、すべて同じ土壌の上で色々な人生が展開されていくでしょう。

同じ土壌内での七転八起の諺は、すべて平等に与えられている。たゞそれをすべて体験した人には、自らの達成感が芽生えると共に安らぎのようなものに包まれてしまう。それは自らの魂に平安を約束してくれているのでしょうか。

人はオギャーと産声をあげて、長い道を歩き始めて以来、終着駅に辿り着く迄に、人生を舞台にして七転八起を実践する為に生まれてくるのでしょう。

令和四年八月十三日〈土曜日〉

自主的な要望で取引されているものがある。それが国や会社や団体や個人であっても、要望の条件が異なっていても、一概に拒否出来ないものがある。又その取引き条件を緩和すると、自由な空気になるでしょう。

最近このような取引き内容を全面に出して、元来の堅苦しい気風に風穴を開こうとする。この姿勢を崩さずに維持していると、いつしか温和な空気が周辺に漂いそうだ。

このように組織的な力で組込まれていても、その根底には意思がある。この意思が散漫になっていると、根底から覆されてしまう。そこで徹底的な意思の疎通が求められるのだ。

元来このような意識的な疎通を配慮することで、数々の問題解決への糸口が見付けられた。

そのなかでも印象深いのは、犯罪に関する件で、犯人究明にやっと漕ぎつけたのに、あと一歩で阻《はば》まれてしまう。残念で、仕方ない――ところがこの時、ふと考えが閃く、と瞬間意思の鼓動が響いた。

このように心で展開される思惑は、いつしか意識内で攻め合い、全神経が意思の力を集中させていく。この強い力で決心されて、一糸乱れぬ考えが決意を下す。

それは配慮や条件や規律などに決っして束縛されない意思で、統制されたものなのです。

そしてこのような意思的な統率力を支えるのは、精神的な情緒のバランスなのです。このバランスを保つのには、平和的な解決方法が望まれる。

ところが世界全体の一般大衆が、そのような解決法を求めている時はよいのですが、社会情勢が困難になると、バランスが崩れて、方向性は過激へと転じるでしょう。

このバランス感覚が崩れると、調整局面に入る。そこで試みられるのが、意思力による調整方法なのです。一体どのような状況で、どれ程の意思力は人を支えられるのか？

これを試験的に実行していくと、人間本来与えられている意思の基準線が浮かび上がる。飽く迄これには個人差はあるとしても、その基準線を認識することで、又新しい一歩が開かれていくのではないでしょうか。

令和四年十一月十六日〈水曜日〉

退廃的な世界情勢を背景にして、進歩的な意見が唱えられている。ところがこの意見の大部分は、過去に或る特定の人々が語っていたことなのです。その当時、多くの人々はこの意見に対して黙秘を強いられていました。それが今になって、その言葉が急に蘇《よみが》って来たのです。

丁度このように歴史を振り返ると、その度収《つど》得した貴重な体験を、今度こそ大切にしたいと思う。その願望が強ければ強い程、終生その人の宝物となって支えてくれるでしょう。

ところが、そうでない場合、又しても以前と同じようなことを繰り返しているものです。

今すでに人々の行為で最も多くの賛同を得る言葉が、その時の言葉として発せられる。

それは誰によって決められ、又誰に求められているのか。なぜ今このような言葉が必要なのか。誰によって語られ、又何の為なのか。と幾つかの疑問さえ消してしまう率直さで胸にとび込んでくる。

それは恰《あたか》も多くの人々が、ずっと長く待ち望んでいたものを、誰かゞそっと呟いてくれたような、その声に惹かれるのが自然であるような、或る予感さえ抱く、この時この瞬間をずっと渇望していたような印象に遭遇してしまうのです。

元来本能に危機事態が発生すると、人は本能の命ずるまゝに行動を共にしてしまう。

人は誰しもこのような状態を望んでいるわけではないのですが、世界情勢が次々と変化してくると、何時《いつ》どのような事態に陥るとも知れないのではないでしょうか。

令和四年十一月十八日〈金曜日〉

今刹那的な環境状態で、同じように歩調を併《あわ》せているものがある。方向性が常に定められているせいか、不都合さは感じられなくて、安心感さえ抱いてしまう。

丁度このように、たとえ相反するものとの組合わせであっても、お互いが同じ目的ならば、協力関係は成立する。その関係は目的が達成される迄続くならば、両者に共通の要因があって、その過程での必要な要素が、協力体制を築いていくのです。

その為にたとえ途中で、どのような支障が生じても、お互いの要因が助け合って体制を整えていくのでしょう。

そこで体制を整えるのに必要な、両者に共通している要因となる要素は、どのように形成されているのか。その要素の基準は何か。

この問題はその後の経過を辿っていくのに大切な役目を果しているのです。

なぜならば、人が協力体制を築くには、お互いの意思疎通がどの程度なのかゞ求められる。この意思疎通がある程度保たれているならば、良いのですが、反対では予期せぬ支障が生じる。

大抵の場合、協力体制の成功と否かは、これにかゝっているのです。

それは暗黙の了解にも似ていて、何事も一寸先は闇のこの世では、この両者の認識が大切。この認識がどの程度であるのかゞ、必要条件の鍵を握っている。

たとえ両者にそのような認識の了解がなくても、お互い暗黙で進行していく過程が、比較的順調ならば大丈夫。ところが何らかの拍子にふと不信感が生じると、それは疑心暗鬼となって、忽《たちま》ちの内に疑惑が膨らむ。

元来対人関係を築くのに大切なのは、相手に対する信頼性なのです。この信頼が一瞬の内に失せてしまうと、対人関係は消滅してしまう。やはりいつの時代になっても、人と人は、信頼性によって絆が保たれていくのでしょう。

令和五年四月十三日〈木曜日〉

今散発的な気流の変化で、偶発的な出来事が生じている。これが何時必然的に仕組まれたものになって、現実に発生するかもしれない。それは偶発的な要因が、何らかの因果関係に結ばれて、必然性を帯びてくる。

丁度このようにこの世の現象は、何らかの因果関係か、物理的現象によって生じる。その為に一方的な主観や感情や冷徹な客観論で始末されない。

そこでこのような問題を提示する時には、お互いの当事者が、根本原因を追及するのに、一定の距離を置いて、相手の論理性を大切にしようとした。

そして各自の論理性を確保して、お互いの客観的な事実を示した。事実関係を照らし合わせて、お互いに過去のデータを示したのだ。

その為にこの時点での照合の確率は、比較的良好。ところが物事が進捗していくと、事態は、思わぬ方向に展開されていく。

時の移り行く変化の過程で、その要因に何らかの要素が、複雑に絡まってくるからでしょう。何時どのような事態が生じるかも知れない。

それは丁度人の一生の節目〳〵にも似ていて、誰でも経験すること。その節目に立ち合って、自らの方向性を確立なものにしていく作業こそが、その後の人生模様を数多くの色彩で飾ってくれるのです。

後日与えられた運命的な出来事も、振り返ってみると、成程と考えさせられる要素に気付く。その一つ〳〵は、後の人生を形成していくのに必要なものばかり。

丁度大海原に進んでいく舟のようなもの。前途にどのような難所があるとしても、出発の時は皆無なのです。

この白紙空間こそが、想像力を生み、勇気を駆り立てゝ将来に大きな希望を抱かせる。

もしこのような空白の余地がないならば、人に夢や独創性は与えられなかったでしょう。

令和五年五月三日〈水曜日〉

すでに同時進行している。その実態となるもの〻不確かさが、私の前方に広がっていく。荒涼とした、この静寂さは何を意味しているのか。以前に私はこれに似た光景を幾度も知っているのです。ところがその時々の印象は常に取り留めのない雑多な想いが、脳裏を駆り立て〻いく。この不安定な同様さは、何に起因しているのか。

このように主観的に物事の局面を察知しようとすると、心の安定さを疑ってしまう。なぜならば、主観的な見地で物事を判断しようとすると、自分が心の動揺に左右されているのに気付く。

ところが物事を客観的に見ようとすると、心は確固たる安定性を意識する。そしてこの安定性こそが、従来の自分自身を最も意識しているものなのです。これが欠如していると、如何《いか》に強固な意思の持主であっても、この安定性には屈服せざるを得ないでしょう。

というのは、物事は時間の変化に左右されてしまうもの。時間の変化こそが物の価値観を変えてしまう。その変化した価値観が、常に一定の評価を提供しつゞけているのは、心の安定が醸しだす妙味なのでしょうか。

この妙味こそがこの世の謎を解く、一つの鍵。人が妙味の世界を知ると、この世の人生観さえ一変するでしょう。それは遠い古《いにしえ》の世界に想いを馳せて、自分自身を顧みることでしょうか。

それは客観的に自らを顧みる所業に似ていて、その過程で安堵のような心の安定性に巡り会えるならば、自分自身と素直に対面出来たことではないでしょうか。

この自分自身との対面は、何事にも人生の妙味を感じるのに、大切な所業になるように思われるのです。

令和五年五月二十日〈土曜日〉

今突発的な勢いで、前進しているものがある。この状況の変化は、以前に体験したものに似ているので、その後の状態は比較的に安易に描けそうだ。というのはこの時期到来に合わせて、急速に何かゞ出現しようとしている。状況次第では、群発的に発生するのでしょうか。

このように具体的な発生原因があると、それに作用する要所〱に群発性を帯びた要因があるもの。それを解明出来るとよいのですが、それが難しい。そこで、この要因を解明する手順が組まれていく。この段階で、それを誘導するものが見付かるとよいが、そうはいかない。今考えられるものがあるとすると、物理的な解決方法でしょうか。

この方法を徹底化すると、ある程度の収穫は得られるのです。その成果を各部門で調査する。徐々に起因の正体を掌握出来る。そこで、その過程を詳細に吟味することで、今後の状況判断が出来るでしょう。

これは、物事の実態をどのような見地から繙《ひもと》くかで、起因の正体に迫るのです。

その為には、第一歩の段階で周囲の状況を掌握する。その状況判断を的確に下すと、前に進める。もしこの時判断ミスをすると、その後の見通しが危うくなる。もう二度と最初の地点に戻れない。最初の判断が大切なのです。

このように一旦目標を定めると、目的意識への方針を、どの方向に決めるべきか。又方向性の是非を問う前に、それはどのような動機によるものか。

又仮りに動機がなくても、それは具体的にどのように説明出来るのか。又生じた問題の理論付けは？　このような作業内容を組み込んでいくと、最初の要因が成立するでしょう。

それにしても、何事に於いても、その第一歩を動かすのは、目的意識の確立によって、決まってしまうものでしょうか。

令和五年六月六日〈火曜日〉

多くの例を具体的に提示すると、実質的な解答が得られることがある。その具体例が安易に比喩されされるならば、本来の姿が歪曲されてしまう。どうしても本来の姿が求められるのです。

そこで事実関係を客観的に描写して、仕方なく揶揄せざるを得ない時は、控え目な方法をとるべきでしょう。

このような状況変化を正していく方法があるとすると、あるべき姿を一旦側に置く。そして第一歩から模索していく。その状態を一つ〳〵形造っていく様を、客観的に観察する。もしこの途中で雑念が入ると、又初心に戻る。

この作業を幾度も繰り返し、積みあげていく。そして最終段階で、あるべき姿と比較するのです。

すると不思議にも、この段階で初めて分かることですが、この両者には驚く程の差が生じている。それが何に起因しているかは疑問ですが、明らかに差があるのです。

そこでこの原因を調べていると、発見されてくる。その裏付けは何に起因しているのか。それは、本来の姿と、それを形成していく過程で生じるもの〻存在が、その後の姿を大きく変えてしまう要因になっているのです。

その為に最初自由に発想したものでも、途中で数々な要因が組み合わされたり、又注入されると、全然異なったものが形成される。

そこで、その要因はどのように組合わされていくのか。それは創造する人によって種々の変化を遂げていくので、一概に言うことは難しい。

丁度その人自身の人生の有様にも似ていて、千差万別なのです。たとえ同じような要素や環境や能力や境遇であっても、その途中の出来事によって結果は違ってしまう。

人生の妙味とは、実はこのようなことではないでしょうか。

令和五年九月五日〈火曜日〉

連鎖的な圧力の加速で、具体化された出来事が表面化しつゝある。一見、それ等は関連性がないように思われるが、浸透部で深い繋がりがありそうだ。

最近の情報でも、その関連性を示唆する内容が目立つ。その象徴的なものは、世界情勢が、一挙に一元的な方向に進んでいることです。

元来このような社会現象の多くは、無意識的な見地から生じている。そしてそれが成長して自我をもって育ってくる。

とすると、その過程で信じられるものは、共同性を構築していくのに必要不可欠な要因で、形成され、生きるのに必要な要素でしょうか。

この要素がどのような土壌で成り立っているかで、分野への影響が異なってくる。仮りにこの要素が一定の枠組内で成長していると、比較的安定した方向を維持出来るでしょう。ところが枠の外であると、想定外のことが生じる。そしてそれを基準内にしようとすると、全体的に加速の一途を辿るのです。

そこで最近の情報召集を分析してみると、不思議にも、安定性を求める程、その比率は、願望と異なる数値が検出される。そして願望は安定を超えて、全く異なった世界観を招いていくのです。要するに、願望は常識を超えたところに在るのでしょう。

このような実際体験していくと、予想もつかない未来図が展開される。今現実の生活の場や人々の暮しさえも変化してしまう。

今現在の地点を根拠地にして未来図を描くとしても、大きな流れに沿って、一体どれ程のものが確かに捕えられるのか。それによって人々の将来図さえ異なってしまう。

地球は今そのような状況の渦中にあるように感じられるのです。

令和五年九月八日〈金曜日〉

実質的なはからいで生じようとしている。現象に因果関係はないので、待機が必要と思う。

予期せぬ現象に意味があると、状況が変わるのに、その変化がないならば、すぐに対応しなくてはならない。

ところが、この状況変化を素早くキャッチする能力があるとよいが、呆然と眺めているならば、危機的な状況に陥るでしょう。

このように対処すべき問題の台頭を、いかに応用能力を発揮するかによって、将来性が問われる。又対処方法で生じる差が、重大な鍵を握っているでしょう。

丁度時期を同じくして、対処方法が問われていることがある。その活用方法で、世界全体が変わっていくのです。

それは今ウクライナに進行しているロシアの戦闘能力。多くの国々が参加してい西欧諸国の支援がこのまゝ続けていくと、困ったことになる怖れがある、と思ってしまう。

この先どのような戦争結果になるかは別問題としても、今の実情で判断すると、やはりロシアが、優勢でしょう。この状態で進んでいくと、ウクライナは苦しくなってしまう。そして、たとえウクライナが停戦を受け入れる羽目に落入ったとしても、ロシアは決っして許さないでしょう。

たとえロシアの内部で摘発が生じたとしても、独裁国家では、当然の処置が施されている。

このように、この人類史上の組織的な枠組みを考えてみるとする。すると、たとえ理不尽なことでも、人間が生きていくのに、どうしても守らなければならないことがあるとすると、主義や主張よりも、いかに過酷な状態になっても、生き抜く力こそが、人類そのものに与えられた力ではないか、という証。

たとえその時代時代で悪なる行為がなされているとしても、それに挑戦することの大切さを与えられていることへの証《あかし》ではないでしょうか。

令和五年九月二十三日〈土曜日〉

幻影的な風景が生じている。この光景がどのように変化していくのか、想いつゝずっと見守っている。

以前にもこのようなことを体験したことがある。その時はその変化を見届ける大切さを学びました。そこで今回の現象も当時の教訓を生かしたい、と思う。

ところが今回の場合、当時の有様の片鱗さえない。どうしてなのか。これは何を意味しているのか。とふと考え込んでしまう。

すると不思議にも、この解答を与えてくれるような現象が生じたのです。

それは或る一定間隔の歩調を保つことで、生じる現象なのです。人の歩調能力には、常にエネルギーが働いているのでしょう。歩く小幅を少なくすることで、今迄不確定なことが、実際現実の場で実証される。

というのは、人が一定の距離を常に一定の小幅で歩いて得られるものは〈それは通常の行動に過ぎないのですが〉、その小幅を少なくしたり、又多くしたりすると、その行動が無意識であると、同時に何らかの意識的な意味を暗示しているのです。

そこでこの小幅の行動を客観的にみると、人は歩くことで脳の一部を刺激している。その一部の脳の伝達で、方向性を確かめているのです。

このように脳と歩く行動の関連性を調べると、人の奇妙な行動の原点は、ここ、ここにあることに気付く。というのは、外でもない、人は歩くことで、方向性を確かめながら次の一歩を進めていく。

今迄人類がこのような進歩を遂げてきた源があるならば、それは何時何処《いつどこ》で、何に対して、自分自身の一歩を踏み出すかにかかっているのではないでしょうか。私にはそのように感じられてならないのです。

令和五年十一月二十四日〈金曜日〉

大きな目的意識で突き動かされようと、しているものがある。随時或る方向に揺り動いているので、明らかな方針は掴めそうにない。

ところが、何らかの変動で時代の波に乗って、姿を現そうとする。と同時にその到来が間近に迫る気配が漂う。瞬時その姿を追う度に、胸の鼓動さえ高くなる。

この不確実な世相を反映するかのように、泡沫《うたかた》な幻が前方を横切っていく。不確実な衝動は、何なのか。

この衝動の起因を求めようとすると、どうしても解決しなければならないものがあるはずだ。その解決策を追求しようとする程に、現実の厚い壁に突きあたってしまう。

丁度この時、私は或る街角に立っていた。たゞ呆然と路上の人々を眺めていたのです。と、その時、すぐ前の光景に眼が止った。

それは路面電車が停車して降りた一人の老人が、路上に立ち止って、不安そうに周囲を見渡している。どの方向に進むべきかと、思案している様子。右手で深々と帽子を突き上げて、顔を前方に出して、キョロ〳〵左右を見渡している。そして前方に進んで、急に方向を右側に変えて数歩進み、そのまゝ一直線に歩調を速めていってしまった。

このように、人がどちらかを選ぶ時に迷ってしまう様子。人はやっと決心して選ぶものだ。

ところが問題は後のこと。通常の場合は、大部分は大きな差はないが、場合によって運命が変わることもある。

人の運命を左右するような選択が与えられたとすると、この現実の壁は難しくて困難なものと化してしまう。

そこでこの現実の壁が一体どのようなものであるかと、しっかりと見定めることが大切に思われてならないのです。

令和五年十一月二十五日〈土曜日〉

実質的な影響の波に乗って、懐疑的な風潮が生じている。この案件に関して、誰一人として審議しようとはしない。というよりも、むしろ、そのようなことに触れたくないような気配が、一般化している。

このような風潮の世の関心事は、当然自分とは全く関係ないことゝして処理してしまう。

所謂、処世術の一種で、生きていく為の知恵なのです。ところが最近の風潮では過去とは別の在り方が、一種の処世術となっているのです。

その為に現代風の生き方を模索すると、実に多様な生活様式がある。この様式を一般的に解体すれば、奇妙な生活習慣になるのです。

というのは、原始時代に遡《さかのぼ》ってみると、その習慣が分かる。そしてその時代にはすでに多くの試みがなされていて、どの分野にも幾つかの基本様式が発見出来る。その一つ〳〵を調べていると、在り方が理解出来る。そして実は、その基本線はたった一つの機能で結ばれているのに気付くのです。何がその機能を結び付けているのか。それを果しているのは何か。

このような疑問が次々と浮んでくる。それを裏付けるかのように、時代の波の影響がその風潮を描こうとする。

描写された映像は、その時代の色彩に飾《かざ》られて多様なイメージを反映させていく。その構造を構築していく。その構築物に多くの人々が集まる。それに係《かか》わりあっていく。息が吹き込まれて命が誕生する。

すべての始まりとはこのような瞬間なのでしょうか。このような造形の有無が、多様性を秘めて、いつの時代にも誕生している。とすると、此処で疑問が生じてくる。

それは原始時代又は遠い古《いにしえ》から、未来に向って永劫の果てにも続くのでしょうか。今の地球上の現代人に対してでしょうか。

たとえ現代人にその疑問に答えられる人がいるとしても、この問題は、永劫に人々に問われるのではないでしょうか。

令和五年十一月二十六日〈日曜日〉

断続的な勢いで結集された力が、結束力を強めている。このような状況の変化は、最近の世界観を一変させるものがある。

というのは、力は目的の手段で、目標を駆使する意思によって生じる。ところが一旦力が目標を定めると、力は善悪の区別なく突進してしまう。そして目標を達成すると、匆々、次の対象物に移っていく。

人の本能には、このような分離されて働く闘争力がある。これに優れた者は、発揮するすべての分野の現状を把握しようとする。そして収集能力を掻き立てゝいく。

ところが、現代の社会情勢では、個人の感覚で及ばない。それを突き破るには、自己管理能力を養うことが必要。それを深く読み取って理解しなければならない。

そこで現代人の自己管理能力とは、今迄想像したことのない総合的な力で圧縮しようとする集団をそのように排除すべきかゞ問われるのです。

この力の集団は、地球全体に対して、一か又は二倍の大きな規模を想定するべきでしょう。常に地球外部でなくて、内部に在ると同時に対象物を想定する。そして根拠となる原因を知る。

丁度このように、今地球上に生じている現象の根源は、人の闘争力〈生きる為にもつ〉どのようなものに対応していくのか。又対応せざるを得なくなるのか。という分岐点に立っているのではないでしょうか。

現代の社会情勢は、この闘争力を掻き立てる要素を秘めている。端的に言って、ロシアのウクライナ侵攻、イスラエルとハマスの戦いなど、世界各国は暗澹たる空気に染っている。たとえこの闘争は終結したとしても、又次なる戦いの連鎖が待っているのです。

二十一世紀は、人類が地球上に誕生して以来、最も大きな地球危機に突入している。なぜならば、人間同志、自然界さえも温暖化という危機が訪れているのです。

令和五年十一月二十七日〈月曜日〉

集合的な意味合いで、提示されているものがある。ところが、その部分的な説明もなくて、意味するものさえ示唆されていない。そこで、このような申し立てを不服としたのですが、徐々に実体が明らかになったのです。

そこで、現代の風潮を考えると、漠然とした将来性よりも、一歩先の現実性を重視する方が、実質的な効果が得られるように思う。又この方が現実的な意味があるでしょう。

ところが、このような考え方には、大きな誤差が生じる。誰しも、とうり一遍の説明よりも、ある部分を指摘して要点を的確に捕える方が、納得するもの。又その要所〳〵の適切な言葉を繰り返す、頭の訓練こそが将来の出来事を予知するのに大切なのです。

なぜならば、人が地球上に誕生して以来、人の歴史は繰り返しの連続。ある一定の時間を費して起った出来事は、又その期間の費し後に発生している。

これは人の習性に似ているのでしょう。人は常に同じことばかり繰り返し繰り返して、やっと自分自身の技を身に付けようとする。その技で人間性を高めようと努力する。この技の収得がなければ、個性は極められないのでしょう。

このように、この世のすべての現象さえも、或る期間の時間を置いて、繰り返し繰り返し発生しているのです。

それは万物に共通する持続性の法則で、物事の道理はすべてこの仕組で成立っているのでしょうか。時間と共にすべてが移り変わっていく状況の変化を繰り込んで、時代の普遍性を成そうとしているのでしょうか。

この不偏性に真理が宿っていて、それを理解することで、万物の畏敬の念が生じる。このような意味合いによって、この世のすべての集合体が、人々にどのようなことを提示しているかゞ理解出来るのではないでしょうか。

令和五年十二月一日〈金曜日〉

模造されている物体の代用として使用されているものがある。この物体の詳細は説明されていないが、或る物体の体型を暗示すると、その物体の本体を識別出来る。

このような過程で、現代の本体も識別出来るものだ。とすると、ある種の識別能力の限界が感じられる。

それは、人類がこの地球上に誕生して以来、幾度となく体験してきたこと。その瞬間の数々が地球規模の識別意識を感じる時、常に心に響くことがある。

この響きの彼方をみつめると、果しない荒野の向こうに寂寞とした静けさが漂う。その寂寥感はどこから生じるのか。又何を意味しているの。この限りない孤独はどこからなのか。このような感傷的な想いになる時、必ず生じる現象があるのです。

それは、この地球上に以前存在していた現象が走馬灯のように脳裏を巡りつゝ展開されていく。その光景は多様な色彩と形態で工夫され、個性的で独創性であり、一つ〳〵が自己主張を放っている。

恰《あたかも》、その物体の発する息吹が、強烈な力で形成していく様を、物語っているようだ。この遠い昔の物語りを観察していると、今この物体に遭遇したことが、暗にその在り方を知らしめているように感じられてならない。

このような意味合いで、この世のすべてのものは、常に何らかの必要性でこの世に在る。又活用されて利用され、必要とされてきたものならば、貴重なものなのです。

もしそれが無いならば、それを必要とされることは、この世に起きていない。存在などしない。

この世のすべては、必ず何らかの必要性によって、この世に存在して大切にされた。この世のすべては何らかの役目を背負って誕生している。

と思うと、この世に不用なものは何一つないのです。たとえどんなに小さな事や物でさえ、命の尊さが感じられてならないのです。

令和五年十二月四日〈月曜日〉

多くの人々に意義ある言葉として象徴されるのに、「文明の英知」がある。今はこの言葉の表現内容よりも、そこに秘められた行動の限界性を述べたい。

というのは、長い間人々が表現力として語っていたなかに、文明についての表現の曖昧さが感じられる。そしてそれについて語ろうとする程に、その曖昧さが表面化してしまう。

言葉のもつ神秘さと曖昧さは、表裏をなす。曖昧であるから神秘性が纏わりつく。それを求めようとする程、両極端に延長して、平行線のまゝ交わることはない。そしてその表現方法はいくつもの解釈を放つ。

このように時代が進むと、その時代の歴史的な価値観で、評価は異なったものになってしまう。

この時間的な価値意識の変化は、制限出来ない。その時代の生む産物は、時間によって変化していくものです。

そこで言葉の曖昧さが、表現力を駆使して、行動の自由を制限しているように思われる。なぜならば、当然自由は制限を拒否する。又は超えようとする。ところが現実ではそうではない。常に抑止力が働いていて、制限されている。

それが人間社会では、抑制能力で心持良い調和が保たれていく。人が生きていくのに必要な抑止力となっている。

この抑止力は、時間も時代を超えた普遍的な価値観なのでしょうか。この世に普遍的な価値観があるとすると、それは抑止力。もしこの力が常に人類の歴史に働いていないならば、膨張しつゞけていくでしょう。

それは人の欲望にも似ていて、欲は欲を生む。たとえその果てに破滅の道があるとしても、人は進む。

そして時代は進み時間が過ぎていく。その途中で、人類が生んだ文明が残っているとすると、其処に英知が隠されているに違いない。その英知に抑止力が秘められているならば、その英知は、人々が生みだした最も尊いものではないでしょうか。

令和五年十二月十三日〈水曜日〉

問題を具体的にするよりも、それを提供する経緯を述べたい。というのは、問題は時代の世相を反映して、社会思想を生む。

国民の民意が反映されていなければ、意味を為さない。その意味に何らかの社会世相の意義がある為に成立するのでしょう。

そして内容も世相全体の割合いが、ある程度高い水準を占めることでしょうか。なぜならば、その割合いの調整具合で、世相にどのように影響するかゞ推定出来るからです。

そこで一般水準を超えない限り、正道なものとなる。その為にいかに重大で貴重な問題であっても、この水準を満さなければ、一般に提供されないのです。

民主社会で、民意の度合いを調べるのに、何を基準にしているのか。民意は各国によって違ってしまう。この国で高い水準でも、他国では見向きもされない。一笑に付されてしまう。この違いは何か。

すでに民意の高い水準の国は、先進国としての多くの要因をもつ。そのうち他の国々にも認められている要素が含まれている民意が高い程、それ自体で解決すべき意味も多い。

それに比べて、民意の低い場面、問題解決に必要な意識が低下しているので、たとえ問題が重大であっても、取り上げられないのです。

国の民意を知ろうとするには、その国がどのような問題に取り組んでいるかを知ることでしょうか。

その為に問題を具体化する以前に、何を問題とするかゞ、その国の民意を知る基準になるでしょう。

たとえこのような問題さえも枯渇されているならば、その国は独裁者に支配されているか。民意が社会に反映されていない状況なのではないでしょうか。

今すでに文明と文化と科学が、大いなる発展を遂げているなか、人々は月世界に旅行できる時代に入っているのです。

ところが、そのような風潮とは別に、人は内面への追及が求められているのです。この意識への一層の向上心が、民意を高めていくことになるのではないでしょうか。

令和五年十二月十四日〈木曜日〉

秩序立った議論に対する統一性がいわれている。其処に多くの意見が集って、統一性が求められてくる。その為に、それがどのような形態で出来ているかゞ注目されるでしょう。

このような形態を形造るには、数々の手法があった。ところが、その手法では今迄通りで甘んじられてしまう。異なった方向に好奇心が駆り立てられるのだ。そこで今迄と異なった角度の観点が求られる。

今回の試みとして、統一性の在り方でしょうか。これを象徴するのに大切なのは、秩序の統一性を成り立たせることでしょう。

ところが、秩序と統一性の間には、どうしても一致出来ない溝のようなものがある。その溝を埋められるならば、問題は解決する。が、この溝は全く異なった要因で成り立っている為に、無理でしょう。

そこで考えられるのは、この要素は何を目的としているのか。で、その体質を埋められる、と思う。つまり、埋め合わせは、理論的に立証できるもの〻存在なのです。

その存在があると、理論は為して秩序の統一性は成立する。その立証が物的なものであると、よいがそうでない時は、理論上の立証が求められる。

そしてこの理論上の立証には、幾つもの仕組があるのだ。思考から創造性や独創性への転換が必要だ。これを呼び起こすには、潜在能力の発掘以外にない。

この潜在能力は、意識を目覚めさせると、その通路を開く、誘導してくれる。どうしても意識が大切な役目を果す時代に入っているのです。

意識とは、心の中の状態や作用や思慮や判断を明確にするだけで、臓器もなく、どこでどのような思考能力を打ち出しているのかさえ不明。心や頭が作用する状態。どのように働き反応するのかさえ知らされていない。

ところが、意識を高く〱抱くと、産物は貴重だ。此処に意識の謎がある。

この意識の迷路を潜《くぐ》り貫けて潜在意識に辿り着くと、宝庫があるのでしょうか。各自に与えられた美とは、ここにあるのでしょうか。

とすると、宝庫への道は、意識がきっと誘導して下さるでしょう。

［著者］吉田 陽子（よしだ・ようこ）
1944年　兵庫県生まれ

妙味《みょうみ》

発行日　2024年6月24日　第1刷発行

著者　吉田《よしだ》 陽子《ようこ》

発行者　田辺修三
発行所　東洋出版株式会社
〒112-0014　東京都文京区関口1-23-6
電話　03-5261-1004（代）
振替　00110-2-175030
http://www.toyo-shuppan.com/

印刷・製本　日本ハイコム株式会社

ISBN 978-4-8096-8708-2
定価はカバーに表示してあります

ISO14001 取得工場で印刷しました